Ad Astra Tome I
Prologue

Svétoslava Prodanova-Thouvenin

Ad Astra Tome I
Prologue

Avec les illustrations de l'auteur

Rédaction linguistique et technique
par Patrick Thouvenin

© 2011 Svétoslava Prodanova-Thouvenin

Éditeur : Books on Demand GmbH, 12/14 rond-point des Champs Élysées, 75008 Paris, France
www.bod.fr

Impression : Books on Demand GmbH, Norderstedt, Allemagne

• 1ère édition :
ISBN 978-2-8106-1186-7
Dépôt légal : avril 2011

• 2ème édition révisée :
ISBN 978-2-8106-2158-3
Dépôt légal : août 2011

À Celui qui m'a guidée vers les étoiles
et à tous ceux qu'Il m'a donnés à aimer...

Table des matières

- Prologue
- Première rencontre
- Deuxième rencontre
- Troisième rencontre
- Un souvenir lointain
- Gabriel de la Pléiade

Ad Astra
Vers les étoiles
Tome I
Prologue

PROLOGUE

La nuit étale son blanc argenté sur les champs et les forêts de Pavitta. La jeune Lune, rose et transparente comme l'oreille d'un nouveau-né, prête son ouïe tendue au chuchotement étouffé d'une journée qui disparaît dans l'infini du Temps :

Sous l'églantier un chaton abandonné file l'appel à peine audible de sa petite voix... L'églantier hérisse toutes ses épines.

Du grenier vient le son sourd d'un « cou-cou-miaou » de chouette, un écho complice à l'alerte impuissante de la bestiole esseulée...

La peur pèse sur le jardin et épaissit le crépuscule. Quelqu'un fait surgir la flamme craquante d'une allumette. L'herbe assourdit le bruit des pas autour de l'églantier.

PREMIÈRE RENCONTRE

La languette lumineuse lécha l'obscurité et une constellation de fleurs roses brilla devant les yeux émerveillés du prince Orion.

– Un ornement digne des cheveux d'Astra — s'exclama le prince et tendit la main vers les branchettes de l'églantier. L'arbuste enfonça dans ses doigts le désespoir aigu de ses échardes.

– Per aspera ad Astra* — sourit Orion et sentit une chaleur qui se frottait à ses pieds.

Jeu de mots avec la locution latine "Per aspera ad astra" — par les épines vers les étoiles

DEUXIÈME RENCONTRE

L e prince se pencha et de nouveau tendit la main. Affolé, le chaton recula, puis, sentant les doigts fermes de « l'ennemi » enlacer son corps sans pesanteur, recourut à la force de ses griffes. Orion poussa un gémissement sourd et serra la petite bête contre sa poitrine.

– Allons chez Astra.

Résigné et affamé, le chaton lécha les gouttes de sang sur sa main.

TROISIÈME RENCONTRE

Du sang — dit Astra, — sur tes doigts et la paume de ta main il y a du sang...

Le chaton roux, repu et apaisé, dormait sur le divan dans le petit creux qui trahissait son âge.

– Les traces d'un élan déraisonnable et de bonnes intentions réalisées — sourit le prince. – Je voulais enlever à un arbrisseau sa beauté et donner ma protection à un chaton. Ils se sont défendus épines et ongles. Nos mains portent les vestiges de nos œuvres — bonnes ou pas louables, elles sont des courbes encore plus fortes que les lignes du destin et de la vie. Je ne crois pas la chiromancie, mais je suis persuadé que ce que nous faisons ou omettons à faire trace le graphique de notre vie. Regarde ici, cette cicatrice... Je m'étais promis de ne jamais oublier...

UN SOUVENIR LOINTAIN

Même le soleil brillait ce jour-là d'un éclat exceptionnel pour célébrer l'importance de l'instant... De cet instant précis où l'on prend conscience de sa place, et peut-être de son rôle dans l'Univers...

Pendant mon enfance l'Univers se limitait à l'enceinte du jardin du Palais, et naturellement le centre de cet univers restreint était ma propre personne qui cherchait son chemin à l'aide d'une boussole pas très fiable qui portait le nom de miss Staford. Une boussole qui pouvait aisément et par bêtise me faire perdre le Nord, et malgré mon jeune âge j'avais appris de ne lui faire confiance que très partiellement.

C'était un matin clair et frais. Selon ses principes stricts miss Staford insista qu'on sorte « en plein air » avant même que la faucille fine de la Lune disparaisse complètement dans la lumière abondante du Soleil. Nous nous installâmes près du lac ombragé, et je suivais le reflet du croissant pâlissant qui, nous approchant, flottait telle une brindille de bouleau sur les eaux vertes.

Une douceur effleura la poignée de ma main et me fit détourner les yeux de ce spectacle saisissant. Le chaton que j'abritais depuis un mois dans ma salle de classe, et qui avec sa lignée pas très noble provoquait le mécontentement de miss Staford, frottait son museau contre ma main. Sans réfléchir je le pris brusquement et le suspendis au-dessus du reflet lunaire. Je prononçai solennellement : « Tu es le premier chaton qui marchera sur la Lune » et je lâchai la protection de mes doigts autour de son menu corps. La petite créature désespérément enfonça ses griffes dans la paume traîtresse de ma main avant de tomber dans l'eau et de battre avec un désespoir encore plus amer sa tiédeur verdâtre. La douleur ne m'empêcha guère d'apercevoir la canne finement sculptée qui dépassa la bordure entourant le lac, se tendit vers le chaton qui saisit son aide salutaire, et porta son corps hérissé sur la rive. Une main aux doigts beaux, forts et souples, prit la pauvre créature, la porta à une poitrine large, et le chaton disparut dans les plis d'une énorme cape bleue...

C'est ainsi que je rencontrai pour la première fois Gabriel de la Pléiade.

GABRIEL DE LA PLÉIADE

Permettez-moi de me présenter — l'homme à l'apparition salvatrice (si souvent par la suite fit-il usage de ce don !) s'inclina discrètement et sans effort malgré sa canne et le chaton sous la cape. – Gabriel de la Pléiade, ambassadeur de l'Infini dans la cour du roi Léonard de Pavitta. – J'ai l'impression que les luminaires provoquent votre vif intérêt, mon prince ?

– Un intérêt maladif, je m'efforce de le satisfaire, mais... — miss Staford arrêta son sermon exténuant habituel — l'ambassadeur lui adressait un regard sévère qui ne manquait toutefois pas de condescendance.

– Quel nom avez-vous donné à votre chaton — s'enquit Gabriel de la Pléiade pour surmonter le silence gênant.

— Étoile — dans les habitudes irritantes de miss Staford était aussi celle de répondre à ma place trois fois sur quatre... – un animal qui n'est pas digne — cette tirade-ci, l'envoyé de l'Infini l'arrêta avec un geste maîtrisé.

— Nous le réchaufferons avec de belles braises d'étoiles — murmura Gabriel de la Pléiade en me faisant signe de le suivre.

Ce geste complice je le connaissais. C'était ainsi que ma Mère m'amenait dans ses jardins secrets... avant de disparaître dans un infini qui dépassait mon entendement d'enfant... Gabriel de la Pléiade venait aussi d'un Infini, un autre, plein de vie, d'élégance et de beauté, un Infini qui unissait le Bien et le Beau comme dans la philosophie hellénistique, matière que ma préceptrice m'enseignait sans beaucoup de conviction et sans conscience de ma passion pour le sujet...

Mes passions... cet étrange ambassadeur les ravivait avec une aisance étonnante... Je le suivis, miss Staford marchait une moue mécontente à ses lèvres capricieuses, mais ses arguments désespérément hostiles à cette expédition improvisée n'arrivaient pas à détruire le charme puissant de cet envoyé majestueux, sévère et tendre, enveloppé d'un mystère envoûtant, pour qui il n'y avait en ce moment rien de plus important que Étoile, cette chatte très ordinaire dont la présence dans le Palais n'y ajoutait aucun élément de somptuosité... Comme elle je m'abritais dans l'aura de Gabriel de la Pléiade, le suivant avec confiance, sans même me rendre compte que nous avions quitté mon petit univers pour sortir dans les champs, là où la terre touche le ciel. Le ciel versait une lumière généreuse, et les oiseaux volaient droit vers sa prunelle brillante, plongeaient dans son disque étincelant pour allumer leur pennage des couleurs d'arc-en-ciel. Alertés par nos pas, des petits lézards traversaient en flèche les pierres réchauffées par les premières ardeurs du jour, et dans les coupes des fleurs les abeilles s'affairaient en répétant avec application leur chant monotone.

Je me suis senti perdu dans ce vaste monde, mon corps fondait en devenant une substance lumineuse, dans laquelle, effrayé et émerveillé, mon cœur battait à la folie... J'avais quitté l'espace qui avait pour centre ma propre petite personne en suivant un homme que il y a une heure je ne connaissais même pas... Je lui fis confiance car avec un seul geste il avait su éliminer les conséquences de ma cruauté irraisonnée. Sans encore le réaliser, je reconnus en lui une boussole plus vraie que miss Staford, car la miséricorde est un guide plus fidèle que les préjugés...

Gabriel de la Pléiade s'arrêta sous un vieil orme touffu et dit :

– Votre altesse, je me rends compte que je vous demande ce qui n'incombe guère à votre rang, mais cela s'impose — il faut débroussailler un peu ces lieux, et il faut le faire les mains nues... – Il ajouta tout bas — C'est à nos mains de réparer les dégâts qu'elles ont causés... Êtes-vous disposé de m'aider ?

Il parlait sans perdre du regard de ses yeux pénétrants mon enseignante malheureuse, bien obligée d'avaler ses objections.

Pendant que nous préparions la place pour le feu, Étoile restait sagement blottie sous la cape de l'ambassadeur, et quand elle osait pointer son museau sous les plis bleus, ses yeux griffaient avec plus d'acharnement que ses ongles. Elle ne m'avait pas absous... Il fallait que je lui accorde du temps avant de tenter à nouveau de m'abriter dans la pelote moelleuse de son amitié... Je laissai mon regard se perdre dans l'étendue élevée au-dessus de nous, qui m'avait toujours attiré avec l'éclat éternel des luminaires. La Terre ne tournait plus autour de moi, elle faisait son chemin dans l'espace, appliquée à observer les heures de l'aurore et du crépuscule, soucieuse de nourrir ses habitants, ses enfants perdus à mi-chemin entre les ténèbres de la

nuit et le brillant discret de l'aube...
C'est à cet instant que j'ai découvert Pavitta et pris conscience de mon devoir de souverain envers la terre de mes ancêtres...

Les étoiles vertes descendent l'horizon, le ciel tourne tel un kaléidoscope vivant, unit et disperse les astres, et mon cœur d'enfant hésite entre la joie de me hisser sur les pointes des pieds et les effleurer, et la crainte de quitter le giron maternel de la Terre. Cette Terre, dont le souffle chaleureux m'enivre avec le parfum suave de la sarriette sauvage. Elle, qui chante pour moi la berceuse des grésillons et me réveille avec l'appel amoureux des cerfs. Cette Terre, qui suscite la fascination des étoiles et retient leurs regards émerveillés. Pavitta, la patrie perdue que Gabriel de la Pléiade m'a rendue et m'a appris à aimer. En vrai envoyé de l'Infini, il avait transformé Pavitta en chemin étoilé vers les cieux, en pont suspendu sur les chutes des astres. Ma Terre de rêve, je ne puis m'arracher à elle, je n'arrive à croire l'existence d'une étoile plus fascinante que les feux de ses aurores, plus désirée que la fraîcheur de ses soirées, plus envoûtante que les auréoles colorées sur les eaux mousseuses qui jaillissent de son sein... Gabriel la fiançait avec le ciel, et dans ses herbes, telles des étoiles égarées doucement brillent les pétales de marguerites... Et prédisent l'Amour...

Demain je quitterai Pavitta. Je veux amener avec moi le meilleur de cet amour. Je suis venu pour te dire au revoir, Astra. À l'aube je m'envole avec Gabriel. Pour longtemps. Je te laisse mon journal. Avec le souvenir de notre enfance, pour qu'il t'amène vers mon amour. Je dois aller, et toi, assieds-toi près de la fenêtre et lis mes confessions. Ainsi nous marcherons ensemble sur les sentiers des étoiles...

Le souffle puissant du vent ferma la porte derrière Orion. Le chaton dormait la tête sur le tome épais relié en rouge... Astra prit la petite bête et le journal du prince, et dirigea ses pas légers vers l'escalier menant au grenier. Le grenier a toujours été son refuge — elle y venait pour cacher sa douleur ou pour jubiler ses victoires. Le grenier était vaste et clair, tel l'avaient voulu Fabiola et Slav, et contrairement aux autres combles dans la bourgade, il avait une grande fenêtre qui donnait pendant le jour sur le canyon pittoresque de l'Andec, et la nuit se transformait en baie lumineuse ouverte vers le ciel semé d'étoiles...

Astra s'assit sur le coffre ancien où, soigneusement rangés par la Guérisseuse, dormaient ses jouets et robes d'enfant, installa sur ses genoux le chaton et envisagea un court moment l'étendue scintillante au-dessus de son monde endormi...

– Hou-hou-miaou — cria du haut de la charpente la chouette qui y avait son nid. Dans le crépuscule du toit ses yeux luisaient comme les astres, inquiets de ce qui se passe sur la Terre aux heures de la lune pâle et distraite...

– Miaou — répondit mollement le chaton et sombra de nouveau dans ses rêves.

Astra ouvrit le volume rouge et, sous la lumière des étoiles bienveillantes, lut sur la première page son prénom...

À suivre...

Les champs de Pavitta

Peinture sur taffetas
de Svétoslava Prodanova-Thouvenin

Des mêmes auteurs :

Prodanova-Thouvenin, Svétoslava (SPTh),
Thouvenin, Patrick (PTh)

Chez le même Éditeur :

Books on Demand GmbH,
12/14 rond-point des Champs Élysées,
75008 Paris, France
www.bod.fr

Collection "Contes et Merveilles"

Poésie en prose, contes

Le Ciel des Oiseaux blessés
auteur SPTh
ISBN 978-2-8106-1874-3
1ère édition, 1er dépôt légal : juin 2010
2ème édition, dépôt légal : décembre 2010

À l'heure enchantée de l'amour
auteur SPTh
• 1ère édition :
ISBN 978-2-8106-1963-4
dépôt légal : août 2010
• 2ème édition révisée :
ISBN 978-2-8106-1349-6
dépôt légal : juillet 2011

Contes du Temps
auteur SPTh
ISBN 978-2-8106-1926-9
dépôt légal : septembre 2010
(2ème édition prévue : fin 2011)

Le Continent inexploré
auteur SPTh
ISBN 978-2-8106-1234-5
dépôt légal : mars 2011

Dans un Jardin perdus
auteur SPTh
à paraître fin 2011

Série :
Ad Astra

Un roman à suivre, à l'infini...

Ad Astra - Tome 1
Prologue
auteur SPTh
• 1ère édition :
ISBN 978-2-8106-1186-7
dépôt légal : avril 2011
• 2ème édition révisée :
ISBN 978-2-8106-2158-3
dépôt légal : août 2011

Ad Astra - Tome 2
Le journal d'Orion
auteur SPTh
à paraître automne 2011

Ad Astra - Tome 3
Le rêve d'Astra
auteur SPTh
à paraître printemps 2012

Série :
Les aventures de Kécha

*Un conte tendre et profond,
déclaration d'amour à la Création*

Les aventures de Kécha - Tome 1
La prophétie des Innocents
auteur SPTh
à paraître été 2011

Les aventures de Kécha - Tome 2
auteur SPTh
à paraître printemps 2012

Collection
"Conversations spirituelles"

Essais spirituels et philosophiques

Les sentiers de la consécration
auteurs PTh & SPTh
à paraître fin 2011

Histoire des Cieux et de la Terre
auteur PTh
à paraître 2012

Site Web de l'auteur :
www.lescheminsduvent.net
Courriel :
lescheminsduvent@wanadoo.fr

Fleurs et papillons
Création sur parchemin